# Oder was man im Dienstleistungssektor, an Hand von einigen Beispielen, erleben kann

AF175953

1

# Einleitung

Seit 20 Jahren stehe ich hinter dem Tresen und es macht mir immer noch sehr viel Spaß, aber weiß Gott nicht alles davon. Tolle Begegnungen mit netten Menschen sind sehr schön. Nette Gespräche, wie man sie sich wünscht, gibt es auch manchmal.

Ich-Du-Beziehungen nach Buber, ein Religionsphilosoph, echte Begegnungen auf Augenhöhe, (die Ich-Es-Begegnungen sind wie die in der Sparkassenwerbung, wo sich zwei Menschen treffen und Fotos auf den Tisch knallen mit dem Text: das ist mein Haus, mein Auto, mein Pferd und meine Pferdepflegerin. Dies sind statusorientierte Begebenheiten, die Ich – Es Beziehungen). Ich – Du Begegnungen, das sind die tollen Seiten der Gastronomie. Das sind die Lichtmomente. Wenn ich mitbekomme, dass der Mensch am Tresen kein schwieriges Klientel ist, dann bin ich offen und emphatisch und freue mich auf die Begegnung.

Es gibt aber auch Schattenmomente, das sind Begegnungen mit Schattenwesen, den so genannten Tresenwesen. 20 Jahre Gastronomieerfahrung sind eine lange Zeit.

Habe ich einmal meinem Bauchgefühl nicht Sorge getragen, dann habe ich es immer bitter bereut und ein

Tresenwesen konnte seinen Übergriff starten. Ich bereute es jedes Mal!

Ich bin ein empathischer Mensch, d.h. ich muss mich auch schützen. Wussten Sie, dass ein Lächeln zu Depressionen führen kann, wenn man es nicht ehrlich meint? Das hat sogar schon Frau Hochschild (laut Wikipedia: Prof. für Soziologie, prägte den Emotionsbegriff) herausgefunden. Wenn ich im Dienstleistungssektor viel

Lächeln aufsetzen muss, dann gefährde ich damit meine eigene Gesundheit.

Für mich ist Sarkasmus der Ausweg aus dem Dilemma.

Dieses Distanzmittel benötige ich gegenüber Tresenwesen.

Ich gehe damit so um, das ist mein Weg

Wo gibt es Tresenwesen?

Überall da wo es einen Tresen zwischen zwei Menschen gibt.

Aber auch im Alltag hatten wir sonderbare Gespräche. Je

mehr Alkohol im Spiel ist umso schwieriger wird es. Hier in diesem Buch geht es primär um schwieriges Klientel in der Gastronomie und um einige andere Beispiele im Dienstleistungsgewerbe. Aber auch nette Anekdoten von Bedienungen außerhalb der Gastronomie möchte ich mit einbinden. Letztendlich kann jeder im Dienstleistungsgewerbe von solchen Begebenheiten erzählen, denn schwierige

Menschen gibt es viele. Nicht jeder hat eine Diagnose.
Wer ist eigentlich heutzutage noch gesund?

Ich sammele diese Geschichten, um Menschen zu zeigen, was es heißt in der Gastronomie, bzw. im Dienstleistungsgewerbe zu arbeiten.
Außerdem mein Fazit und der Appell: Benehmt euch bitte nicht wie diese Tresenwesen, seid nett zur nächsten Bedienung oder Verkäuferin.

Bei manchen Geschichten habe ich mir gedacht, ach das arme Wesen ist krank. Sind sie diagnostiziert?

Wenn ihr eine Diagnose habt, dann geht in schlechten Zeiten nicht in die Kneipe, das ist dann für die Bedienung echt schwer auszuhalten. Die kann ja nicht weg...

Ich arbeite hinter dem Tresen und bin kein Tresenwesen. Ich habe zwar immer Sonderwünsche (ich weiß halt was ich will...) bin aber nie übergriffig zu einer

Bedienung, versprochen! Ich bin kein einfacher Gast, aber ich will nur klar offerieren was ich wie möchte. Mehr nicht.

Ich habe angefangen das Buch zu schreiben und merkte bald, dass ich nicht die Einzige bin, die solche Tresenwesen kennengelernt hat. Meine lieben KollegInnen, auch in anderen Kneipen, interviewe ich mit ihren Erfahrungen mit Tresenwesen. Irgendwie habe ich gedacht, dass alle in der

Gastronomie so was Skuriles erlebt haben müssen, aber leider wussten nicht alle, die ich fragte, was ich meine oder sie hatten keine Geschichten parat, so dass dieses Buch gar nicht so dick werden wird, aber das macht nichts, dann wird es einfach eine kleine nette Lektüre für Zwischendurch....

Viel Spaß beim Lesen! Dieses Buch soll Dich einfach unterhalten und zum Lachen anregen und zum kurzen

Nachdenken vielleicht auch noch.

Alle Personen, die hier auftauchen, sind frei erfunden und die Parallelen, die sie herauslesen können, sind rein zufällig!

## 1. Sammlung von Episoden aus Einraumkneipen

In einer Einraumkneipe ist man mit den schwierigen Klienten alleine. Da ist es schwieriger wegzugehen, denn da ist man alleine mit den Tresenwesen, da kann man schwerer weg. Da ist das Mitleid manchmal da, wenn so wenig los ist. Da ist man ganz alleine gegen den Rest der Welt.

Wenn hier welche reinkommen, schon betrunken, schleppen sich aschfahl und mit blauen Lippen herein.
Klammern sich mit der Restenergie an den Hocker

und man hofft, da kommt nix mehr. Aber schade Marmelade, ein kurzer Blick in die Runde. Inspizieren kurz ihre Zuhörerschaft, Blickkontakt suchend. Den gilt es zu vermeiden, weil man sonst das arme Wesen ist, was angesprochen wird, dann locker drei Stunden über sämtliche Crashs informiert wird. Persönliche, die anderer Menschen (mehr oder weniger) und Börsencrashs mit stundenlangen Informationen, auch gerne lauter, damit jeder es hört. Der Trick ist, ihn alleine zu lassen und vor sich hin murmelnd oder mosernd in Ruhe zu lassen (ggf. noch den Musikwunsch erfüllend, aber mehr niemals). Dann hat ihn doch jemand angesprochen und ich als Bedienung denke gleich nein nein, lass ihn in Ruhe. Bloß nicht ins Zentrum der Aufmerksamkeit kommen lassen, bloß nicht in den Fokus rücken lassen, sonst wird es anstrengend.

Ihn links liegen lassen, bis er geht.

Es gibt solche Tresenwesen, die setzten sich direkt vor die Bedienung und fragen was machst du denn gerade so? Wieso denn direkt vor die Bedienung?

Schlimmer sind die, die dich als Projektionsfläche missbrauchen und monologisieren. Die erklären dir die Welt und zeigen dir deinen Platz in der Welt und sagen, dass du es falsch machst. Obwohl sie dich seit fünf Minuten kennen. Setzen sich über Deine Meinung hinweg indem sie an den Haaren herbeigezogene Geschichten über dich stülpen. Solche Denkstrukturen sind sehr gefährlich.

## 1.1 Das Bantugespräch

Es war Sommer und kaum jemand war in der Kneipe. Ich war allein. Im Sommer ist kaum jemand da, weil kein Draußen (Außenbereich) existiert. Erst war alles in Ordnung, denn ein Gast wirkte wie jemand, der eben etwas erzählen will. Bis er dann plötzlich anfing: Das dieses Jahr die CC – Fliegen wieder schlimm sind (bei uns? Ca. 1. Weltkrieg 1916), dann hat er noch erzählt, dass er bei der Schlacht bei Verdun dabei war (dafür war er zu jung). Dann hat er erzählt, dass er noch eine Bantunegerin kennenlernen will. Aber nur, wenn es seine Frau mitkommt, sonst nicht (die Bedienung hoffte, dass bitte noch jemand kommt und er nichts mehr erzählt).

## 1.2 Pragmatismus

An einem Abend kam so ein besagtes Tresenwesen rein und wollte mir die Welt erklären über Pragmatismus und Dogmatismus. Er sei ein sehr sehr sehr pragmatischer Mensch und verachte

Dogmatismus. Er wollte es mir an einem Beispiel erklären und dieses Beispiel sah folgendermaßen aus: Er fragte mich, was ich denn tun würde, wenn ein Moslem seinen Glauben den Anderen aufzwingen würde. Ich antwortete ihm, na dasselbe wie wenn ein Christ seine Meinung aufdrücken wollte. Einen weiteren Satz konnte ich gar nicht mehr sagen, denn er brach in Gelächter aus und entgegnete, so etwas gibt es gar nicht. Christen tun so etwas nicht. Von dem Islam geht heute eine Bedrohung aus, bla bla, bla, doch da wirkte schon mein Aluhelm(das ist der Schutz vor Außerirdischen und vor Tresenwesen), der mich schon vor bla bla schützte. Um seiner Islamfeinflichkeit zu begegnen, fragte ich ihn, ob er wisse, was Dogmatismus wirklich wäre. Daraufhin lachte er wieder laut, als OB ICH NICHT WÜSSTE, was Dogmatismus ist, der war gut. Als er dann wieder stiller wurde sagte ich ihm dann, dass seine Äußerung ziemlich dogmatisch sei. Daraufhin lachte er wieder laut. Ich und dogmatisch!? Ich bin pragmatisch. Daraufhin googelte die Bedienung Dogmatismus und las laut vor. Er bestätigte diesen Eintrag mit der Bemerkung, dies seien doch seine Worte, das hätte er doch gesagt. Davon rede er ja den ganzen Abend. Ein letztes Mal konfrontierte ihn die Bedienung damit, dass er dogmatistisch ist und gerade so handelt, dass spiegelte ihm die Bedienung. Daraufhin lachte er noch einmal laut. Und sagte ich und dogmatisch, laut lachend, dann merkte die Bedienung, dass der Akku von ihrem Aluhelm leer ist und versteckte sich in der hintersten Ecke vom Tresen.

## 1.3 Lord Sith

Einmal kam ich gegen Feierabend in die Kneipe, da ich putzen wollte. Meine Kollegen gaben mir das okay, doch dann wollte ein Gast nicht weggehen und meinte nur provokant zu mir: „Morgen ab acht hast Du mir wieder was zu sagen, aber heute nicht!", mit der Kappe im Gesicht gezogen.
Sofort engagierte ich meinen Kollegen, damit er ihn bitte mit raus nimmt. Das schöne

an Lord Sith ist, dass er sich am nächsten Tag an nichts mehr erinnern kann und in seiner Welt lief der Abend super. Oftmals muss auf ihn aufgepasst werden, dass er sich nicht auf die Couch legt, denn dann hat man ihn an den Schlaf und den Feierabend verloren.

## 1.4 Der Scherz

KMG wollte einen Jacky Cola. Ich machte einen Scherz und

sagte ihm, dass ich keinen Kartell Whiskey verkaufe. Daraufhin meinte er zu mir, ob ich nicht in neurologischer Behandlung bin?

## 1.5 Ein ruhiger Abend

Einmal waren nur einige Gäste da. Dann kam ein Neuer herein. Die Bedienung machte ihm ein Bier. Dann kam ein anderer Gast und darauf hat A. gesagt, der hat doch Hausverbot. Die

Bedienung hat gesagt, er hat jetzt sein Bier, dass darf er noch trinken. Der muss aber gehen, der eine Gast, meinte A.

Nach einigen Bieren ist er zu dem hin und dann haben sie sich auch noch umarmt. Anscheinend war alles klar. Auf einmal meinte der Gast A..: „Ich bring den um!" und so diffuses Gelaber. Die Bedienung war irritiert, die hatten sich doch vorhin vertragen?! Dann hat er immer weiter dumme Sprüche gebracht. Hat sich nicht beruhigen lassen. Hat der Bedienung fünfmal erklärt, wieso der andere Hausverbot hat. Und eben immer weiter gesagt, ich bring ihn um, der kommt nie wieder hierher. dann war es der Bedienung irgendwann zu blöd und dann hat sie ihn 5 min. angeschrien, denn so geht man nicht miteinander um. Dann kam A. mal drei Wochen nicht mehr. Das Ganze hält er jeden Abend, wenn er kommt, allen vor. Er ist aber so großzügig und verzeiht der Bedienung.

## 1.6 Der aufgehetzte Sonderbare

Er gibt sich immer andere Vornamen. Er hatte wohl eine Freundin (seine Ex), die Massenmörderin war. Er ist auf Psychopharmaka eingestellt und hat Schizophrenie. Er ist ganz jung.

Er hat immer nach Drogen gefragt, einige Gäste saßen auf der Couch und der Fragende, der der Drogen haben wollte, saß am Tresen. A. hat ihn dann zu B. geschickt. Da ist er hin und B. hat nein gesagt. Dann ist der Sonderbare wieder an den Tresen zurück, daraufhin hat A. gesagt, der hat etwas, aber der will dir nix geben. Dann ist er noch mal hin und B. hat wieder nein gesagt. Dann hat der Sonderbare die Getränke von denen auf der Couch umgefegt. Das hat die Bedienung nur halb mitbekommen und neue Getränke gemacht. Dann ist dieser Sonderbare wieder zu B und hat dem einen das Getränk des Gastes übergeschüttet. Dann ist die Frau zum Tresen gegangen und hat gesagt, dass A. den Sonderbaren aufgehetzt hatte gegen die auf der Couch. Dann hat die Bedienung wieder laut rumgeschrien. Dann musste A. gehen. Er dachte dann, dass er

Hausverbot hat und blieb wieder lange weg.

## 1.7 Der Schlussmacher

Einmal hat der Freund der Bedienung nicht gearbeitet. Da kam der A. und meinte, ihr bleibt eh nicht mehr lang zusammen. Er gebe sich gar keine Mühe. Die Beziehung sei eh ein Witz. Dann hat er die vermeintlichen Fehler aufgezählt und es wurde immer haltloser. Sie solle am besten Schluss machen. Es würde gar nichts bringen. Sie sei zu gut für ihn. Sie sagte dann, das ist nicht deine Angelegenheit, lass dass mal sein. Er hat dann immer wieder davon angefangen und nach dem 7ten Bier meinte er, dass ihr Freund eh zu viel trinkt und dass er nicht mit Frauen umgehen kann. Er wäre doch viel besser im Umgang mit Frauen.

Am nächsten Abend hat er zu ihm genau dassselbe gesagt, nur in umgedrehter Weise, sie sei die Schlimme und er der Tolle und er solle Schluss machen.

Als beide ihn mal zum Reden festnageln wollten, hat er alles abgestritten. Sonderbar nicht wahr?!

## 1.8 Nennen wir ihn Georg

Er hat immer Getränke getrunken, die max. 1,7 € kosten. Leider hat er dann einmal hergeleitet, wieso er aufgrund seiner

Darmproblematiken die Getränke wechselt. Er meint, er kenne sich aus in der Gastronomie! (er gibt aber nicht einen Cent Trinkgeld). Er bezahlt sogar mal mit ganz viel Kupfergeld. Leider war ich mir nicht im Klaren darüber, dass ich nur 10 Rotgeldstücke annehmen muss. Als er dann mal selbst Kleingeld erhielt, fragte er, ob dies eine Retourkutsche sei!? Dann äußerte er sich bei einer Kollegin darüber, dass ein Kollege ungepflegt sei und eine andere überhaupt keinen Bock habe und den Job nicht machen will (ich war die null Bock Tante, dabei war ich einfach nur vorsichtig, denn er kam jeden Tag und war immer alleine....). Wenn er hier was zu sagen hätte, dann würde er diese Beiden sofort rausschmeißen. Das war aber ganz schön hinterhältig. Wir haben ihn dann im Flur zur Rede gestellt und das Ganze mal geklärt, denn was im Gastraum hinterrücks besprochen wird, bekommen wir mit und finden wir nicht gut. Bitte in Zukunft nur im Flur die Kritik und bitte an den Adressaten direkt und nicht so hinterhältig, denn dass brauchen wir hier nicht!

## 1.9 Miesmuschel-K. und ein weiblicher Stammgast

Einmal war ein Gast da, der sagte zu mir: „Du, kann ich dich was Blödes Fragen?" Ich kannte den Gast, der immer nur schlecht drauf und unzufrieden war und sagte demzufolge: „Nein!" und ging weg zu anderen Gästen. Ein weiblicher Stammgast bekam das mit und meinte vorwurfsvoll, „Wieso warst du denn so gemein zu dem?" Ich: „Das ist Miesmuschel-K., der ist immer schlecht drauf und wenn der gleich nach was Doofem fragt, dann weiß er auch genau, dass das doof ist, da sage ich lieber gleich nein. Er fragt auch immer nach einem Block und einen Stift. Dann, wenn er geht, lässt er

Beides einfach liegen. Da nehme ich es wertschätzend und schmeiße es in den Müll (einmal las ich die geistigen Ergüsse über den Minirock der Bedienung und seitdem wollte ich weniger davon wissen). Ein anderes Mal hat der weibliche Stammgast ihn gegrüßt und erst parlierte er ganz nett mit ihr, dann sagte er auf einmal: „Nein das wird mir jetzt zuviel!" und drehte sich einfach weg. Da hat sie ihre Meinung dann auch stark revidiert und mir recht gegeben, dass er schwierig ist. (Lustig ist, dass ein anderer schwieriger Gast sich mit ihm verbündet hat, weil er so toll sei??)

## 1.10 Miesmuschel-K. die Zweite

Kann ich dich mal was fragen? Du und der C., ihr seid nicht mehr zusammen. Sie doch, aber der arbeitet jetzt sehr viel und ist deswegen nicht mehr, hier wenn ich arbeite. Er meinte daraufhin, ach dann bist du also schwanger (sie hatte ne Kippe in der Hand und trank ein Bier). Nein wieso? Dann hat er nur uh gesagt und die Hände abwehrend vors Gesicht gehalten und wieder geschwiegen (was das Beste bei ihm ist).

Miesmuschel-K. fordert Reaktionen ein und möchte Grenzen gesetzt bekommen. Der fühlt sich so schlecht und es geht ihm so mies, dass er alles nieder macht. Z.B. wenn Michael Jackson läuft: Ach der Kinderficker. da muss man aufpassen, dass man nicht in den Sog gerät. Also mit diesem Spruch macht er sich schnell Freunde. Am besten, man scherzt, dass er auch lächeln muss. Oder man dreht die Musik lauter. Oder einfach ignorieren. Am besten er sagt gar nichts, dass ist die beste Variante.

## 1.11 Fahrradfahrer R.

Ich wusste von einem Kollegen, dass es eine Laberbacke gibt, die Fahrradfahrer R. heißt. Meinen Kollegen hat er mal am Tresen vollgelabert. Dann ist mein Kollege aufs Klo gegangen und der Gast hinterher, weil er ja mit der Geschichte noch nicht fertig war. Die Geschichte hat mich nachhaltig beeindruckt, so dass ich vorsichtig gegenüber Männern mit Sportklamotten

wurde. Da kam auch mal
Einer und ich lunzte über den
Tresen und wir hatten eine
wunderbare schweigsame
Tresenbeziehung.
Er ist sogar zu anderen
Gästen gelaufen und hat die
Zwei vollgelabert und ich sah,
wie der eine von den Beiden
nur noch einen Käferblick (der
Glanz des Interesses im Auge
ist verloschen) aufsetzte, da
sie ihm nur noch aus
Höflichkeit zuhörten.
Als wir mal
Dienstbesprechung hatten

und mein Kollege da war,
fragte er ganz fassungslos,
wieso er nicht mit mir redet?!
Ich sagte: „Tja, ich habe ja von
ihm gehört und ich habe mir
gedacht, dass er es sein
könnte und mich distanziert
verhalten" (vielleicht mag er
auch lieber Männer zum
Volllabern....)

## 1.12 Stresse doch nicht den Tee

Da kamen zwei Gäste und wollten Tee trinken. Der eine Pfefferminztee, die Andere wollte eine Mischung. Dies tat er: Also nahm er die Beutel und tunkte sie in das Glas und bewegte sie von oben nach unten. Dann brachte er den Tee zum Tisch. Dann meinte der Gast: „Ich möchte mich nicht beschweren, er trinkt auch den Tee, aber der ist jetzt gestresst!" Teebeutel bewegen ist stressen, das war mir bisher auch noch nicht klar.

Wie man kann Tee stressen?! (beschimpfen?)

## 1.13 Big talk

Es war einmal ein Gast, der immer alleine unterwegs ist. Ich hatte kein gutes Gefühl bei ihm. Dann war er alleine in der Kneipe. Anstatt einfach zu lesen, dachte ich mir, ach der Arme, dann spiele ich mit ihm etwas, damit er sich nicht langweilt. Ich schlug also vor, dass wir Mäxchen spielen. Er: „Okay!" Dann würfelten wir und ich war bereit, ihn gewinnen zu lassen. Dann fiel mir dummerweise der eine Würfel in den Mülleimer. Ich suchte verzweifelt nach dem Würfel (ich sah aus wie ein Aschemonster (wir sind einen Raucherkneipe)), aber keine Chance in dem ganzen Dreck. Er bot sogar an, dass er ihn suchen würde, aber nein danke, das wäre mir zu unangenehm. Dann also kein Würfelspiel.

Dann fing er leider mit Small talk an: „Ich will Dir ja nicht zu nahe treten, aber hast du Ziele im Leben?" Ich wollte mit ihm meine Ziele weiß Gott nicht besprechen. Ich also: „Nein ich habe keine Ziele im Leben, ich bin ziellos!"

Er: „Dann hast Du dich also aufgegeben!"

Ich aus dem ersten Impuls heraus: „Nein quatsch!" Dann habe ich überlegt, dass Gegenwehr ja nichts bringt und bin verstummt, denn ich habe mich ja im Leben aufgegeben und das hat er ja blitzgescheit erkannt (und ich habe meine Ruhe...).

## Später

Dann kamen noch Andere rein, die Dart spielen wollten. Dann ließ er von mir ab und beleidigte einen Mitspieler nach kurzer Zeit als Arschloch. Dann wunderte es mich keineswegs, dass er immer alleine unterwegs ist...

Später war er noch volltrunken am Tresen, hatte aber ein anderes Tresenwesen zum Diskutieren gefunden, da war ich fein raus und beschäftigte mich mit anderen Dingen, Hauptsache nicht mit ihm...

## 1.14 John Travolta

Einmal kam ein mir fremder Gast. Er bestellte ein Weizenbier. Damals lief der Tatort. Auf einmal redete der

Mann lautstark mit sich selbst. Er hatte zwei Handys dabei. Dann rief er plötzlich John Travolta an (bzw. sich selbst). Es war schwierig, denn er redete immer lautstark mit sich selbst. Noch ein Bier hätte er nicht bekommen. Ich überlebte mit einem schlechten Gefühl diesen Abend. Habe es verflucht, dass ich einsprang für eine Kollegin. Aber egal, dann eben Augen zu und durch. Am nächsten Tag kam er wieder rein und bestellte als erster Gast einen Whiskey Cola. Ich diesmal: „Aber von mir bekommst du nur antialkoholische Getränke!" Ich rechnete mit Aggression (er sah auch so aus, als ob er die Kneipe zerlegen könnte). Er dann: „Ach du kennst Deine Schäfchen." Er fragte dann auch ob er gestern schlimm war. Ich antwortete irgendwas Diplomatisches. Dann fing er wieder an, mit sich selbst laut zu reden. Mist! War echt ein richtig schwieriger Gast. Dann ging er zum Glück bald.

## 1.15 Warum man immer eine Frank Zappa CD dahaben sollte

Ein recht lauer Sonntagabend an dem nicht wirklich viel los war. Es waren 2 sehr trinkfreudige oder anderen Substanzen nicht abgeneigte Wesen anwesend. Sozusagen Intensiv-Hobbymusiker der 30er Jahre. Diese zwei Wesen gehörten zu der Gattung der

Gitarristen. Dies waren eher Leadgitarristen, die auch laut dazu standen. Sie trafen sich nach langer Zeit, davor hatten sie das letzte Mal auf einem Festival vor 10 000 Leuten gespielt. Sie hatten nie geklärt, wer der Bessere von beiden ist. Also tranken sie brüderlich ein paar Wodka und fingen an zu vergleichen. Der eine war der Überzeugung, er habe mit dem, für ihn besten, Schlagzeuger gespielt. Wogegen der Andere meinte, dass seine Rhythmusgruppe besser war, als die des Anderen. Außerdem habe er auf dem größeren Festival gespielt. Was der andere auftrumpfen konnte, war mehr Publikum auf einem Einzelkonzert gehabt zu haben. Der Wodka floss fröhlich weiter. In Ihrer Jugend waren beide kurz mal Vorgruppen von bekannten Bands. Egal ob es um angebotene Plattenverträge oder die Anzahl von Groupies ging, beide waren gleichauf.

Als sich die Wodkaflasche dem Ende neigte, gab es nur noch eine Frage, wer der Bessere sei. Dies war heute zu klären. Wer hat z.B. das bessere Solo gespielt. Doch wie kann man dies entscheiden, wenn man weder eine Aufnahme, noch eine Gitarre zum vorspielen dabei hat? Ganz einfach, man spielt Luftgitarre und singt sein Solo. Selbstverständlich Headbangend, auch wenn die Haarpracht nicht mehr ganz so prächtig ist, wie vor 20 Jahren. Um dem ein Ende zu setzen, gab es nur eine Lösung: Frank Zappa spielen, weil das der Einzige war vor dem beide genug Respekt haben, um die Klappe zu halten...zum Glück hatte die Bedienung diese Musik da...

## 1.16 Ein besonderer Gast

Da kam er herein. Die Bedienung meinte du siehst aber gut aus! Er meinte daraufhin: Du glaubst es nicht, ich habe einen Job. Der

Laden ist so mies, da fällt es
noch nicht einmal auf, dass
ich da arbeite.

Dieser Stammgast kommt
immer nachts, ist mies drauf
und trinkt Kaffeereste
umsonst. Mein Kollege machte
immer in seiner Schicht
Kaffee, damit dieser kalt
werden kann und Kaffee K.
diesen als Rest umsonst
trinken kann.

## 1.17 Merkwürdiges Pärchen und der besondere Gast

Es war sein letzter Tag und da kamen Zwei rein, die komische Sachen erzählten. Mein Kollege hat sich distanziert von den Beiden. Dann kam ein Gast herein, nämlich Kaffee K.. Der setzte sich zu den Beiden und sprach mit ihnen. Dann fragte er, ob sie die und die kennen würden? Sie bejahten dies. Und dann meinte Kaffee K.. dass die beiden so assozial seien, wenn sie diese

Menschen kennen. Kaffee K. ist selbst recht runtergekommen, auch äußerlich.

Die beiden haben dann mitbekommen, dass es der letzte Abend von meinem Kollegen ist und haben ernsthaft vorgeschlagen, dass man dann doch Sachen klauen könnte, wie den CD Spieler oder so. Leider meinten die Zwei das total ernst. Eigentlich alles klauen was nicht niet- und nagelfest ist. Es gibt echt tolle Menschen...

## 1.18 Klimawandellüge und andere Übel

Ein Gast war schlecht gelaunt in die Kneipe gegangen, da er sich mit seiner Ex gestritten hatte. Er war also grundsätzlich ziemlich geladen. Wenn er so geladen ist, dann diskutiert er immer gerne laut und distanzlos.

Die Diskussion: Es fing damit an, dass er jemand immer mit zweiten Themen belästigt, egal ob sie es hören wollen oder nicht. Thema 1: Der Klimawandel ist eine Lüge und dann wählt er ein beliebiges politisches Thema, wo er immer eine Gegenposition einnimmt, wie z.B. Assad ist gar nicht so schlimm wie er immer dargestellt wird in den Medien. Wichtig ist, dass immer schön laut diskutiert werden kann. Was bei friedlich gestimmten Menschen dann der Fall ist, wenn er sie wirklich wütend macht. Es war an diesem Abend so, dass er mit drei verschiedenen Gästen ziemlich laut und intensiv diskutierte, bis sie die Kneipe verließen. Was für eine Unverschämtheit aber auch, dass Leute immer gleich eingeschnappt sind, wenn sie auf ihre eigene Dummheit hingewiesen werden. So gegen Ende des Abends kam dann ein frisch eingewanderter

Syrer in die Kneipe. Auf die Frage vor wem er denn geflohen war, vor Assad oder dem IS, antwortete dieser, dass Assad auch kein Engel sei, aber das bedrohendere Problem sei der IS. Das war für das Tresenwesen der klare Beweis: Siehste mit dem Klimawandel habe ich auch Recht!"

Ein anderes Mal kam er und fragte, was er besser machen kann. Da kam die Bedienung auf die Idee, dass es besser sei die Anderen auch einfach mal ausreden zu lassen. Dies wollte die Bedienung gerne sagen, aber da sie nicht ausreden konnte, blieb dies auch unausgesprochen.

## 1.19 Es gibt auch lustige Begebenheiten von Kurztripps spontan

Einmal waren wir von der Idee beseelt, nach Straßburg frühstücken zu gehen. Es war zwar keiner mehr so richtig fähig, unalkoholisiert Autor zu fahren, aber das haben wir großflächig ignoriert und fuhren los. Zum Glück ist alles gut gelaufen und wir kamen gut an und wieder nach Hause. Solche Kurztripideen sind nett.

Ein anderes Mal hat ein Bediener mitbekommen, dass Gäste eine Freundin anriefen und dann kam die spontane Idee, sie zu besuchen. Da der Bediener der einzige Nüchterne war, wurde dieser als Fahrer engagiert. Dann fuhren sie los nach Wien. In der Höhe von Nürnberg, riefen sie sie erneut an und erreichten sie auch. Sie war gar nicht zu Hause. So sind sie einfach nach Prag gefahren und haben dort einen netten Kurztrip verbracht.

## 2. Studentenkneipe oder Zweiraumkneipen

Hier arbeiteten wir immer zu zweit. Eine als Bedienung (*bzw Wuselwesen*) und die Andere als Tresenkraft. Dieses Kapitel wird nur kurz werden, da es schon so lange her ist mit dem Arbeiten In der Studentenkneipe hatte ich einen Chef, der hinter einem stand, bei schwierigen Gästen. Er selbst war ein Arschloch (hätte ich nie

71

gesagt, als ich da arbeitete, dann eher so etwas wie, dass er schwierig ist) wenn er betrunken war. Daher hatte ich immer am nächsten Tag nüchtern die Probleme geklärt. Weiß gar nicht, wie oft ich schon gekündigt wurde, besoffen in der Nacht, und tagsüber wieder eingestellt.... Aber ich hätte sogar meinem eigenen Vater Hausverbot in seiner schlimmen Zeit geben dürfen. Aber da bin ich einfach mit „Augen zu und durch" durchgekommen.

Dadurch, dass unser Chef so schwierig war, haben wir Bedienungen mehr zusammengehalten. Heute, 10 Jahre danach, habe ich immer noch Kontakt zu Einigen. Irgendwann wurde dieses Arschloch auch unfair zu mir und ich kündigte mit einer ganz tollen Kollegin (sie kündigte zuerst, weil er gemein und unfair zu mir war) und ich machte glatt mit.

## 2.1 Hypothese: Tür = Portal

Die Kneipentür ist ein Portal und vorher sozial kompetente Menschen, die mitdenken und großartig sind, sind draußen. Dann schreiten sie durch das Portal und entwickeln sich zurück zu einer Aminosäurensequenz, die nur noch Hunger und Durst rufen kann. Sie haben keinen Raum für das Mitfühlen und die Gedanken anderer Menschen, nur **Ich** und zwar **jetzt** sofort!

Anders war das Verhalten der Studenten nicht zu erklären...

## 2.2 Mein Weg mit Tresenwesen umzugehen

Wenn ich in der Kneipe war, hatte ich meinen Psychopathenalarm, dann sagte ich: Miup, miup und wuselte vom Tresen weg. Einer war der Buffettier und der andere das Wuselwesen, die Bedienung für außerhalb

des Tresens, da ging das noch,
denn wir waren zu zweit.

**Unglaublich aber wahr**

Als mir mal was runter fiel, da
applaudierten doch
tatsächlich Menschen der
Bildungselite, DANKE dafür.

## 2.3 Die dumme Bedienung

*Hypothese =dass die
Bedienung ungebildet sei* (ich
spielte gerne mit dem
Klischee, dass die Bedienung

nur einfach gestrickt sein muss).

Einmal waren mal wieder arrogante Theaterlaienspielgruppen da. Ich war ja nur die Bedienung. Da sagte ich doch, dass ich etwas über Philosophen gehört habe, da haben die am Tisch neugierig geguckt. Dann sagte ich, dass ich es ja nur auf Kassette höre, dann waren die Gäste wieder zufrieden, denn die Bedienung ist ja sicher nicht gebildet. Nicht alle verhielten sich so, aber einige schon.

Einmal war ein netter Gast da und ich behauptete, ich sei die Praktikantin, denn ich habe von nix ne Ahnung. Das war die Lieblingsbehauptung von mir, denn dann muss ich auf doofe Fragen nicht antworten. Dann kam der nette Gast wieder und scherzte, „Ach immer noch im Praktikum!" Oder wenn ich keine Fragen beantworten wollte, dann sagte ich, sei neu hier. Dann schimpfte ich auch am liebsten über die neuen Kollegen (wenn wieder Sachen nicht richtig aufgefüllt waren), gerade weil wir keine neuen Bedienungen hatten. Aber die müssen neu sein, denn so grobe Fehler macht man doch nur als Neuer.

## 2.4 Der Kinderbuchautor

Da war mal einer am Tresen (ich miuppte und wuselte von Dannen) und der erzählte meiner Kollegin, dass er das Kinderbuch selbst geschrieben hätte. Er erzählte und erzählte, dann fiel ihm der Kassenbon aus dem hinteren Teil des Buches (mir schwante, er ist ein Tresenwesen und ich machte mich vom Acker).

## 2.5 Fußballfan

Stress nach dem Spiel. Da kam ein bekannter Gast, lief rein und rannte hinter den

Tresen. Draußen war er mit einem Darmstädter Ultrafan als Frankfurtfan aneinandergerasselt.

Ich habe mich geistesgegenwärtig gegen den 2. Mann gestellt und vehement:" Raus und zwar sofort!" geschrien.

Der andere war verblüfft und ging raus (der Darmstädter Ultra Fan). Dann habe ich gleich die Tür abgeschlossen und vor Zorn hat der Ultra die Scheibe eingeschlagen. Wir riefen die Polizei an, denn der

Chef hatte sich vorher stark betrunken und war nicht mehr da.

Dann haben die netten Polizisten eine Zeugin mitgenommen und den Ultra gesucht. Dies war ihr erster Einarbeitungstag und doch hat es sie mit Verlaub und Respekt nicht davon abgeschreckt, da zu arbeiten.

## 2.6 Nackter J.

Einmal kam ein nackter Gast in die Kneipe (er hatte ein Handtuch dabei) und er fragte, ob er hier sein Bier trinken kann? Klar warum nicht...Sein Vater war draußen im Auto und wartete. Dann ging er und verabschiedete sich.

Diesen Gast kannte ich auch (nur ohne Handtuch). Zu ihm war S. nett gewesen. Er hatte sich ihren Namen gemerkt und dann rief er in der Kneipe an. Seine Frage war: Ist S. da?" Ich dachte es sei unser homosexueller Koch N., weil seine Stimme so weich klang. Ich sagte: „Nein, die arbeitet gerade nicht N.!" Er: „ Ich bin nicht der N. ich bin der nackte J.!", Dann war das Telefonat beendet. 2 Minuten später wieder J. am Telefon: Ich wieder: „H. hallo?" Er: „Arbeitet S. heute?" Ich: „Nein nackter J., die arbeitet heute nicht!".

Du weißt, dass Du nur einmal im Jahr zu uns kommen

darfst, das ist die Anweisung vom Chef. Dann er: „Der Chef ist ein Nazi und ein Unmensch (weitere Beschimpfungen folgten...). Ich: „Aber nackter J., du willst doch Toleranz dir gegenüber, also sei bitte auch tolerant meinem Chef gegenüber. Er sei so alleine. Ich: Aber Du hast doch deinen Papa!" Er: „Der ist doch schon so alt!" Und im Winter kann er nicht raus. Dann wollte ich weniger über seine Probleme als Flitzer hören und ich musste auch mal wieder was arbeiten, also beendete ich das Telefonat. Wenn er in die Kneipe kam, sagte ich immer, dass er dieses Jahr schon mal da gewesen ist und dass er gehen muss (wenn sich jemand noch nicht mal an ein Telefonat erinnern kann, was er zwei Minuten vorher geführt hat, der kann sich auch sonst nicht gut organisieren. Dann muss er gehen und es war nicht ich, sondern der böse Chef....)

Einmal kam er rein und eine Mama saß am großen Tisch mit ihrem Sohn, ihr Blick war beeindruckend....

## 2.7 Der verwirrte Kellergast

Einmal ging eine Bedienung in den Keller um ein Fass zu wechseln. Sie kam hoch und sagte zu ihrem Kollegen, da ist jemand im Keller. Sie gingen also zusammen noch mal runter und suchten denjenigen. Irgendwie war da ein stark angetrunkener Gast in einen abgeschlossenen Mieterkeller geraten, der eigentlich gar nicht zugänglich war, aber so auf alle Fälle keinen Teil der Kneipe darstellte. Da war auch ein Loch in der Kellerwand auf der einen Seite und der Gast war irgendwie verdreckt. Dann wurde er gefragt, wie er da wohl hingekommen sei.. Er wusste es nicht mehr. Er musste sich wohl in einen verschlossenen Keller hineingezwängt haben und dann durch das Loch in einen zweiten verschlossenen Keller gekrochen sein, aus dem es dann gar kein Entrinnen mehr gab. Da wurden hektisch Schlüssel gesucht und zum Glück fand man unter Vielen den Einen, der passte und er konnte befreit werden. Eigentlich hatte er nur die Toilette gesucht, die aber **nie** im Keller eines Wohnraumhauses ist! Er wurde nicht mehr in diesem Lokal gesehen.

## 2.8 Ein Freund?

Ein Gast aus meinem Freundeskreis merkt erst, was er so loslässt, wenn er es sagt. In der Kneipe sagte er mal zu mir, dass er nur den Deckel zahlt, wenn ich ihm das Bier billiger mache. Ich war gleich sauer. Ich sagte ihm, dass er mich gerade erpresst hat. An seinem Blick sah ich beim Sprechen auch das Erschrecken.

## 2.9 Entre Cote gut durch

In einem französischen Restaurant kamen mal zwei Gäste und sie bestellten zwei Entrecote, aber gut durch. Der Kellner meinte, sorry, aber wir servieren Steaks nur Medium. Dann kam eine Diskussion mit dem Gast, und sein letztes verzweifeltes Argument war, dass der Kunde ja König sei. Die Bedienung schlagfertig: Sie wissen ja schon was die Franzosen mit Königen machen!?

Schweigen

Dann gemeinsames Gelächter


**Resumee von 1 und 2**


Schlagfertig und frech kann

ich sein, denn das Trinkgeld,

oder die 20 Cent, die ich

erhalte, entschädigen mich

nicht für einen

Tresenwesenkontakt.

(Nein in meiner Kneipe

bekomme ich meistens mehr

Trinkgeld, aber für die 20

Cent lasse ich mir nix erzählen, denn Tresenwesen geben meistens kaum Trinkgeld!!!)

Das waren viele Geschichten zu merkwürdigen Menschen. Schlimm sind die Menschen die nicht reflektieren können, aber dann doch zu Tresenwesen mutieren. Oder können sie reflektieren nur wollen nicht? Ich meine Menschen, die in der Gastronomie selbst gearbeitet haben und am Tresen der

Anderen dann ihr Unwesen als Tresenwesen treiben.

Ich habe da so einen Kandidaten, denn zwei Geschichten aus diesem Buch handeln nur von ihm....Er sitzt am Tresen und monologisiert in einer aggressiven Art sein Leben. Er lässt Andere leiden, weil er selbst leidet. Das ist nicht fair. Wieso tut er das?

Als ich Freundinnen interviewte, habe ich ganz oft von ihm Geschichten gehört. Ich war fassungslos. Selbst eine Freundin, die seid Jahren nicht mehr arbeitet, dachte sofort an ihn.

Es gibt überall Tresen nicht nur in der Gastronomie. Doch in dunklen Ecken mit viel Alkohol werden die Gespräche manchmal ziemlich schwer.

## 3 Die Ausnahme: Die weiblichen Tresenwesen

Es sind zwar wenige Ausnahmen, aber es gibt auch weibliche Tresenwesen. Hier nun vier Beispiele (mehr fallen mir wirklich nicht ein).

## Die Anmachende

Einmal besuchte ich einen Freund und wir plauschten friedlich. Da kam ein Mann und der bat meinen Freund, dass er ihm helfen soll, denn eine Frau macht ihn an und er wolle nichts von ihr. Ich hatte gerade auch nichts zu tun und versprach ihm zu helfen. Wir gingen zu ihr. Ich legte den Arm um ihn und sagte einfach: „Der ist mir!" Er bedankte sich überschwänglich, denn nach dieser Reviermarkierung ließ sie wirklich von ihm ab.

## Die Fertige

Es gibt eine Frau, die immer in Kneipen ist und bis zum Sprachverlust trinkt . Wenn sie dann so stark betrunken ist, macht sie immer Männer an. Einmal habe ich sie wegen einem armen Mann, der sie einfach als nicht attraktiv, zu fertig und betrunken empfand, rausgelotst und das Licht im Flur ausgemacht, damit sie nicht mehr reinfindet (was auch funktionierte, denn da kam ein anderer „interessanter" Mann auf der Straße....).

Sie fragte mich doch glatt, was ich für ein Sternzeichen sei und ich wollte nicht damit rausrücken, weil ich es nicht für sinnvoll halte, mich in

Kategorien zu pressen, weil ich ein Sternzeichen habe. Meins ist doof, ich bin Zwilling, selbst der Aszendent ist doof, Skorpion, dann wieder der Deszendent Zwilling auch nicht besser, also ein Januswesen mit Zwei Gesichtern – Obacht! Bei den Indianern war ich ein Hirsch, bei den Kelten irgendein blöder Baum und bei den Chinesen war ich Hase (ich suchte in der Tabelle und las: Drache oder Tiger. Ich war begeistert, denn das sind stattliche Tiere und ich dachte, dass ich so etwas Tolles bin. Ich suchte also weiter und dann war da noch der Hase. Dann wenigstens Metallhase (Kampfansage!!), aber ich bin Holzhase, na danke. Aber der Hase ist ziemlich cool, von daher nicht schlimm.).

Sie sieht aus wie eine Indianerin, aber diesen Vergleich mag sie nicht...

## Die alleine Gekommene

Ganz am Rande erinnere ich mich an eine Frau, die auch am Tresen saß und ich war zuerst begeistert von ihrem Mut, alleine am Tresen zu sitzen und da mit den Leuten zu plauschen, doch nach einigen Abenden hörte ich, dass es immer wieder dasselbe war, was sie sagte. Da wurde mir klar, dass sie auch nur ein Tresenwesen ist.

## Die Bewältigende

Sie hat etwas Großes zu
bewältigen, deshalb geht sie in
die Kneipen, als Erklärung.
Das kann man dann
nachlesen in den
Todesanzeigen, sagt sie
zumindest.

**4. Im Kopiershop ist auch ein Tresen, ojeh und die Bildungselite, die ich schon aus der Studentenkneipe kannte war auch dort**

Studenten sind das *Pack.*
Kann das Pack denken und handeln??
Ich kannte ja schon Studenten von der Kneipe und ich war überrascht, dass das Ganze noch schlimmer geht, denn wenn die Bildungselite handeln muss, dann wird es noch viel lustiger!

**Lass Dich überraschen**

„Der Kopierer geht nicht!"
Mein Statement: „Drück doch
mal auf den grünen Knopf
und lass dich überraschen".


**Nur die Hälfte**


Der Kopierer ist kaputt und
kopiert nur die Hälfte.
Wutentbrannt stand der
Student vor mir. Ich wusste,
da hat doch jemand was
falsch gemacht. Aber bloß
nicht dem Studenten die

Schuld geben. Ich also: „Dann gehen wir mal zum Kopierer und gucken mal". Ich: „Wie hast du es denn drauf gelegt?". Er: „So!" Ich: „Das ist nicht hochkant, also einfach anders drauf legen. Testen, eine Kopie machen und dann erst 25 Kopien erstellen." Muss ich die jetzt zahlen? Oder noch besser: Die zahle ich nicht, die hat der Kopierer falsch gemacht....

## Der Unglaubliche

Einmal stand ich neben meinem Chef und bekam eine Unterhaltung mit. Ein Kunde fragte etwas, da entgegnete mein Chef, dafür brauchst Du eine Druckerausbildung, das kann ich Dir so einfach nicht erklären. Der Andere erzählte weiter. Dann der Chef mantramäßig, dafür brauchst Du eine Druckerausbildung, dass kann ich dir nicht so einfach erklären. Das Gespräch wurde von dem

Anderen weiter geführt. Mein Chef hat immer wieder mantramäßig das mit der Ausbildung wiederholt. Der Andere ignorierte dies und sagte zum Schluss: „Es war doch für dich genauso schön wie für mich!"
Wow erst penetrant nerven und dann dieser Abschluss! Ich war beeindruckt.

Ich sagte dann zu meinem Chef, wenn da noch mal jemand kommt, dann vereinbaren wir ein Codewort

und du fliehst in den Keller.
Dann werde ich den
Studenten übernehmen und
werde mal was von meinen
Menstruationsbeschwerden
erzählen, was er auch nicht
hören will. Na warte!

Leider hörte ich dort auf,
bevor ich mich rächen konnte
mit seltsamen Geschichten.

## Das kannst Du knicken...

Einer wollte 10 Kopien geknickt haben, um sie in einen Umschlag zu stecken. Er wollte sie knicken und in einen kleinen Umschlag stecken. „Kannst Du die knicken", fragte er mich. Er wollte Geld sparen...meine Gedanken dazu: Kannst du knicken...

## Blasenpflaster im Copyshop

Er: Ach guten Tag, ich bräuchte mal ein Blasenpflaster.

Sie: So etwas führen wir nicht.

Er: Wie sie haben es nicht?

Sie: Um die Ecke gibt es einen Drogeriemarkt

## Das Diktiergerät

Er: Haben Sie ein Diktiergerät?

Ich: Zum Geräusche von
Kopierern aufnehmen ?
Er: Ich brauche eins
Ich (Hauptsache er geht raus):
Vielleicht im Lernzentrum?
Er: Lernzentrum, wo ist das?
(er guckte irritiert aus dem
Fenster)
Ich, nach draußen deutend:
Da hinten (und der Gedanke,
geh nur schön raus).
Er: Ah, ich gehe einfach zum
Anwalt und leihe mir da eins.
Ich: Klar das das sind ja alles
nette Menschen (Anwälte
haben schwarze Flecken im

Herzen meinte mal eine Freundin), viel Erfolg (nur bitte geh – Tschüss bitte geh bloß)

## Die Sonnenbrille

Dann Eine, die immer mit Sonnenbrille und dem gleichen Regenmantel kopierte. Sie studierte Psychologie und hatte Angst vor Strahlen. Sie konnte auch die Vorlesungen nicht immer mitmachen. Kommilitonen haben das weitererzählt. Wegen dem Licht vom Kopierer müsse sie sich schützen. Vielleicht hatte Sie eine Diagnose?

## Die Asiatin

Einmal war eine Asiatin im Laden. Auf einmal war sie verschwunden, nur noch die Hände waren zu sehen. Sie hat beim Lochen ihr gesamtes

Gewicht eingesetzt und ist mit runter gegangen.

**Lustig?**

Wenn Studenten ihre Bindung machten, dann standen draußen schaulustige Studenten am Fenster und guckten dabei zu?!

## Vergrößerung

Das waren Studenten an der technischen Universität. Einmal war einer da und der wusste nicht, wie man vergrößert. Da machte ich den Scherz: „Na du studierst ja sicher nichts technisches...".

## Die Folie

Ich war Vortragstrainerin und wusste, dass eine Folie mit Schriftgröße 12 nicht zu lesen ist auf dem Overheadprojektor. Da kam aber ein Student und wollte unbedingt eine derartige Folie haben. Da ich ja nur der Kopiesklave war, habe ich also nach einmaligen Fragen resigniert und das gemacht, was der Student wollte.

## Der Versuch

Einmal hat ein Student in den Einzug mehr als 30 Blatt in die Maschine gelegt. Er legte mehr ein, obwohl da stand: Max. 30 Blatt. Er: „Ich bin doch Maschinenbaustudent, ich muss das testen!" Sie: „Wenn du die Reparatur bezahlst, dann gerne.". Antwort: „Ich habe keine Haftpflichtversicherung!" Sie: „Dann lass es!"

## Unglaublich

Einige machten einfach die Maschinen auf, weil sie wissen wollten, was das ist. Ich habe mich nicht so getraut, denn mein Chef konnte ganz schön direkt sein, wenn jemand seine Maschinen kaputt gemacht hat.

**Einfach mal so**

Dann ist Einer, als die Maschine anzeigte, dass das Papierfach leer ist, einfach irgendwohin gegangen und hat irgendwelches Papier genommen (mit der falschen Dicke, welches die Maschine kaputt gemacht hätte! So benimmt man sich doch nicht als Gast!?

## Die Rudel

Die Studenten kamen meist im Rudel. Einmal kam einer mit fünf anderen. Einer hat die Kopien gemacht, einer hielt die Kopien, ein anderer schlief fast auf dem Stuhl ein und der letzte kommentierte das Getane...

## Die Chefin

Die Chefin war Erzieherin und so konnte Sie mit diesen Attitüden umgehen. Wenn man sich nicht sicher ist, dann ist es sinnvoll zu fragen, anstatt so einen Unfug zu machen. Der Chef konnte sich zum Glück immer zurückziehen, denn er war nicht so tolerant wie die Chefin

# 5. Im Hotel sind sie auch Tresenwesen

## Das Angebot

Also um 21 Uhr klingelte das Telefon. Sie war alleine hinter der Rezeption.

Er: Oh bist du die mit den dunklen Haaren?

Ich will dich nicht überfordern und ich bin auch nicht pervers. Ich will Dir was anbieten

Sie: Was willst Du?

Er: Ich finde Du hast schöne Füße. Du hast Schuhgröße

39! Ich gebe Dir Schuhe von Armani und du trägst Sie 3 Wochen. Wir müssen uns dann auch nicht persönlich treffen. Das kannst Du entscheiden. Ich bekomme sie einfach wieder.

Sie: Nein danke

Er: Das ist sehr dumm von dir. Du müsstest nicht im Hotel arbeiten.

Dann Er: Ich sehe Dich gerade!

## Der Fußfetischist

Ich kenne eine Kollegin, die
von einen Fußfetischisten
Geld bekam. Sie fragte einfach
Freundinnen, ob Sie Fotos von
ihren schönen Füßen machen
kann. Dann erhielt sie
Socken, die sie tragen sollte.
Sie hat die Socken einfach
Kollegen gegeben und die
haben sie getragen.

In Japan gibt es Automaten,
wo getragene Höschen drin

sind, igitt...die Welt ist
schlecht!

## Der Betrug

Im Hotel müssen die
Angestellten ja schweigsam
sein, allerdings bekommen sie
immer mit, wenn jemand
seine Frau betrügt. Wir sind
die Mitwissenden, wenn
jemand fremd geht im Hotel.
Er betrügt einfach seine Frau.
Dann sind seine jeweiligen
Freundinnen mit im Hotel.

Wir helfen den Männern, wenn sie fremdgehen. Wir sind zum Schweigen verpflichtet. Aber bei einer Frau habe ich es gesagt, zumindest indirekt. Ich signalisierte es mit Blicken, weil er immer so unfreundlich war.

# 6. An der Tanke gibt es auch einen Tresen

## Stabil

Einmal war ein 18 Jähriger in coolen Klamotten da und er stand die ganze Zeit an den Spielmaschinen. Dann hatte er eine Pause. Er kam zum Tresen, fingerte ein wenig an den Sachen und fing dann Small Talk an. 18 Jähriger: „Na, was machst du sonst noch außer Tanke?" Der Tankstellenmitarbeiter: „Ich

studiere sonst noch." 18
Jähriger: „Universität oder
was? Der
Tankstellenmitarbeiter: „Uni."
Der 18 Jährige: „Stabil!"

## Aha

Nachts um 4 fährt einer vor
und steigt aus dem Auto aus.
Dieser Mensch war ziemlich
betrunken. Er will ein
Mixgetränk kaufen. Er: „Willst
Du einen mittrinken?" Der
Mitarbeiter: „Danke, eigentlich

nicht, aber was soll es!" und lässt sich überreden. Der Betrunkenen geht nach dem Getränk raus und sagt dabei noch: „Wir gehen noch mal zusammen in die Sauna!" Aha?

## Der Kleine

Die Tanke war genau da, wo auch die Kastortransporte lang gingen. Also war mal wieder ein Einsatz von Polizisten. Sie wurden von dem Mitarbeiter bedient und alle vorschriftsmäßig gesiezt. Dann kam plötzlich ein kleiner Mensch hinter den Polizisten hervor und der Mitarbeiter sagte ganz aus Reflex: „Na, was magst Du denn haben?" Woraufhin alle lachten.

# 7. Im Park da sind sie auch – freie Tresenwesen, bzw. eine kleine Anekdote

Er: Darf ich dich was Seltsames fragen?

Sie: Ja

Er: Darf ich bei dir Nacktputzen?

Sie (Erfahren aus der Gastronomie und schlagfertig): Muss ich dabei sein?

Er: Ja!

Sie: Nein danke

## 8. Das Tresenwesen

Tresenwesen sind keine netten Gäste, sondern schwierige Gesellen, die keine Freunde haben (?) und immer alleine in Kneipen gehen. Manche sind manchmal ganz normal, aber dann haben sie wieder ihre Anwandlungen. Das ist ganz unberechenbar. Wandelfaktor Tresenwesen: Manchmal ganz normale und recht nette Menschen und dann auf einmal sind sie Energievampire. Tresenwesen sind keine homogene Masse, es gibt da Harmlose, mit denen man Mitleid haben kann und die aggressiven Wesen, die einem mit ihren Welttheorien auf die Nerven gehen.

Prinzipiell gilt die Devise: Ich will einfach nur gehört werden! Ich habe Begebenheiten im Leben die ich loswerden will. Jeden Tag aufs NEUE!

Hier eine Geschichte von einem Mann, der jeden Tag in die Kneipe kam und immer von seiner schlimmen Ehe erzählte. Dann hat sich der neue kleine R. gedacht, wie kann ich ihm helfen? Er ging auf das Gejammer ein (was er genau sagte, weiß der Geschichtenerzähler nach 30 Jahren) und danach kam der Gast nie wieder.

Ehrliches Feedback will ich nicht, nur mal so erzählen

was mir auf der Seele brennt.
Jeden Tag aufs Neue!

## 8.1 Wer ist eigentlich ein Tresenwesen und offene Fragen

Nur weil jemand am Tresen sitzt, ist er noch lange kein Tresenwesen. Sie kommen aus ihren Löchern und sie sind immer alleine unterwegs. Sie gehen regelmäßig in Kneipen und sitzen immer im Weg (direkt vor der Bedienung oder hinterm Zapfhahn...).

Sie sind alleine wollen ihre Ruhe, aber andererseits auch Ansprechpartner und zwar die Bedienung.

Sie bestellen immer dasselbe. Sie sind regelmäßig da. Sie sind zu 80% männlich (Frauen sind eher ziemlich kaputt und fertig). Sie wollen unbedingt mit der Bedienung sprechen. Sie machen einladende Geräusche, wie z.B. laut seufzen oder lachen beim Lesen eines Artikels (nur niemals nachfragen was los ist!!) Werden sie ignoriert oder hat die Bedienung mal keine Zeit, dann weichen sie auf andere Opfer aus, aber am liebsten bleiben sie bei der Bedienung. Andere Tresenwesen wittern sie und die wollen sie nicht anquatschen.

Manche Tresenwesen sind nüchtern nett und auch nette Menschen wenn ihnen nicht eine Laus über die Leber gelaufen ist. Es gibt Tresenwesen, die normal sind und dann wieder in den Tresenwesenmodus hineingeraten. Sie sind betrunken furchtbar und wenn es ihnen nicht gut geht, dann lassen sie dies an anderen Menschen aus. Sie diskutieren mit der Bedienung und haben ihre Welttheorien, die sie vehement vertreten. Sie werden auch gerne von uns Energievampiere genannt. Sie nutzen die Energie der Bedienung aus und nach solchen Diskussionen ist die

Bedienung meist völlig
erschöpft von den Monologen.
Wer setzt denn diese Gerüchte
über Bedienungen, bzw.
Menschen hinter dem Tresen
in die Welt, dass wir gerne
zuhören?
Wieso immer am Tresen?
Haben Tresenwesen Freunde?
Sie leben das in der Kneipe
aus und zu Hause sind sie
lammfromm?
Wird das Tresenwesen mit
dem steigenden Alkoholpegel
aktiv?

## 8. 2 Hypothesen zu Tresenwesen

1. Die Bedienung ist deine beste „bezahlte" Freundin (Du gibst ja schließlich 20 Cent Trinkgeld, wenn überhaupt)
2. Ihr kannst du alles erzählen, denn es ist alles auf Augenhöhe (gerade auch intime Details, die du sonst niemanden erzählen kannst)
3. Sie hört gerne zu, egal bei was – sie kann ja nicht

weg, aber das möchte sie ja auch gar nicht, denkst du!

4. Sie hat eine Art von gefühlter Schweigepflicht

5. Die Bedienung ist austauschbar

6. Respektvoll begegnen muss man ihr nicht wirklich

7. Flirttechniken können erst mal an der Bedienung erprobt werden

8. Die Bedienung ist meine persönliche Jukebox, sie

möchte Musikwünsche gerne erfüllen und das nervt gar nicht. Schlechten Musikgeschmack haben nur die Anderen!

9. Die Bedienung ist mein bejahender Psychiater, nein sogar mein emotionaler Mülleimer, das macht sie sooo gern!

10. Bitte sei distanzlos zur Bedienung, das ist für sie okay (siehe big talk)

11. Sie hören ungern wirklich zu, sondern reden lieber,

genauer sie monologisieren.

12. Sie wollen nur alles raus lassen, eine wirkliche Interaktion ist nicht wünschenswert

13. Je betrunkener die Menschen sind umso eher neigen sie zum Tresenwestentum.

14. Tresenwesen wollen einfach nur respektiert und geliebt werden. Sie haben keine wirkliche Liebe im Leben erfahren. Sie suchen, aber die Art

der Suche ist so speziell, dass man sie nicht lieben kann, zumindest nicht ohne Gefahr. Sie suchen auch an den falschen Orten. Sie suchen Liebe da wo sie sie nicht finden können, nämlich am Tresen (das falsche Wie und Wo). Wo kann ein Tresenwesen nächstenlieb behandelt werden: Kirche oder Anonyme Alkoholiker?

15. Sie wissen, dass was nicht stimmt. Sie sind

unzufrieden mit sich und ihrem Leben und gleichzeitig halten sie sich für die Spitze der Evolution.

16. Jede Bedieung hat keine Individualdistanz, bitte setze dich ganz nah zu ihr (selbst Hocker wegstellen bringt nichts, der wird dann einfach hingeräumt)

**Lernertrag**: Man kann Tresenwesen nicht helfen, dazu bedarf es mehr Zeit als man am Tresen hat (jeder entscheidet sich selbst für seine Therapie oder auch nicht) und selbst wenn die Zeit da wäre, ist die Bedienung weder eine Therapeutin noch eine Anlaufsstelle für Poblemlagen, noch möchte sie das. Bitte lasst die Bedienung in Ruhe.

Wollen Tresenwesen wirklich Hilfe haben?

# 9. Anleitung: So werden Sie zum Tresenwesen

Ignorieren sie jedes Feedback, das sie bekommen.

Vertreten sie vehement und mit Aggression ihre Welttheorien.

Vertrauen sie sich nicht ihren Freunden an, die wollen nur ihr Geld oder ähnliches. Vor allem Frauen!

Frust in Alkohol ertränken, am besten in dunkeln Räumen.

Wer die gleiche Luft atmet wie ich, muss unbedingt meine Lebensgeschichte hören (lautstark) und nur monologisierend.

Den Anderen muss ich aber nicht zu Wort kommen lassen, oder anders herum, auch intimste Fragen dürfen gestellt werden. Wer nicht antwortet, ist feige. Psychospielchen und übergriffige Fragen sind erlaubt.

Die Bedienung möchte unbedingt mit mir reden! Darauf hat sie die ganze

Woche gewartet und ich kann sie glücklich machen mit meinen interessanten Gesprächen.

## 10. Wie kann das Tresenwesentum verhindert werden?

Tresenwesensein kann durch einiges erklärt werden. Zu Beginn die Wikipediarecherche und das Joharifenster, dann die Überlegung zum Thema

Reflektion und emotionale Kompetenz.

Um zu verhindern, ein Tresenwesen zu werden, bedarf es folgender Kompetenzen: Emotionale Kompetenz und Selbstreflektion (soziale Kompetenz). Obacht nun wird es theoretisch.

## 10.1 Das Joharifenster und die öffentliche Person

Arbeiten Sie an ihrem Selbstbildnis. Dies ist am besten zu begreifen, wenn das Joharifenster (**Jo** seph Luft und **Harry** Ingham) hierfür genommen wird (auffindbar bei Wikipedia).

Das Joharifenster ist eine Darstellung von mir bewussten und in der Gruppe stattfindenden Verhaltensmerkmalen. Hierzu gibt es vier Teile.

Es gibt Anteile in mir, die ich selbst kenne und die Anderen auch, dies ist der öffentliche Bereich, der zu vergrößernde Moment für ein gutes Selbst- und Fremdbild.

Durch Feedback kann mein blinder Fleck, der mir unbekannt und den Anderen bekannt ist, minimiert werden.

Dann gibt es noch meine Geheimnisse, die mir bekannt sind und den Anderen unbekannt sind. Zudem gibt es noch den Bereich, der weder mir bekannt ist, noch den Anderen bekannt ist, der Bereich, der Unbekanntes heißt.

Je mehr ich von mir preisgebe und je mehr Feedback ich erhalte, um so größer wird der Bereich der öffentlichen Person. Dies ist erstrebenswert in freundschaftlichen Beziehungen oder pädagogischen Lernsituationen. Je mehr ich an mir arbeite, umso eher

stimmt mein Selbstbildnis
und mein Fremdbild überein.

|  | Mir bekannt | mir unbekannt |
|---|---|---|
| anderen bekannt | Öffentliche Person | Blinder Fleck |
| anderen un- bekannt | Meine Geheimnisse, die ich ggf. preisgebe | Unbekanntes |

mir und
anderen
unbekannt

Nun die ehrliche Frage der
jahrelangen Bedienung:

153

Ist das Tresenwesen im Unbekannten versteckt?
Nein im Grunde ist das Tresenwesen ein Mensch, der die Arena der Offenheit relativ auf spezielle Art und Weise klein hält. Geheimnisse werden Preis gegeben, denn die Bedienung will das ja?!Aber das Feedback durch Andere, das wollen sie ja nicht haben!

**These:**
Je mehr **Selbsterkenntnis** ich im Bereich der öffentlichen

Person über mich und mir Bekanntes habe, umso eher laufe ich nicht Gefahr, zu einem Tresenwesen zu werden?

Wichtig sind hierfür Freunde mit ehrlichem und verständnisvollem Feedback. Auch ist es wichtig, dass ich meine Geheimnisse meinen Freuden anvertraue. So verringern sich die Areale Geheimnis und blinder Fleck und die öffentliche Person wird immer größer!

Feedback kann auch manchmal hart sein oder auch desillusionierend (Ich sagte mal zu einer Freundin, dass ich eine Geheimnisträgerin sei und sie lachte und meinte, ich sei eine Geheimnisverliererin (Weil ich immer so viel vergesse...)). Je mehr ich mir über mich selbst bewusst bin, um so eher werde kein Tresenwesen werden.

## 10.2 Rationale Selbstreflektion

Wenn ich mich selbst kenne, dann reicht eine gesunde Portion Egoismus (das bekommen viele hin), der im nächsten Schritt in der Interaktion zur Selbstreflektion werden kann.

Ich lerne mit dem Anderen an mir (wie oben bereits dargestellt).

Ich kann regulierend intervenieren ohne den

Anderen zu verletzen oder über seine Grenzen zu treten. Oftmals existiert ein blinder Fleck in der Selbstwahrnehmung den man nur durch Feedback von außen minimieren kann. An der Universität habe ich Seminare konzipiert, wo die Reflektion ein wichtiger Grundpfeiler war, aber wo lernt man das im normalen Leben? Dass es nicht jeder kann, weiß ich, aber meine Freunde können das fast alle. Suchen Sie sich nette

Menschen, die das können und somit schöne Begegnungen schaffen können.

## 10.3 emotionale Kompetenz

Tresenwesen haben weniger Kompetenzen im Gegensatz zu anderen Menschen. Wobei dies nicht auf Alle zutrifft. Gerade die Tresenwesen, die auch ganz normale Interaktionen gestalten können und nur manchmal zum Tresenwesen mutieren, haben einige Kompetenzen (wenn es ihnen gut geht).

Der Grundstein der Kompetenzen ist die Selbstkompetenz, die sich dann in der emotionalen und der sozialen Kompetenz weiter entwickelt. Die emotionale Kompetenz ermöglicht es dem Menschen schöne Situationen in der Interaktion zu ermöglichen.

Auf alle Fälle fehlt es dem Tresenwesen an emotionalet Kompetenz, denn die Begegnungen sind eher schwierig. Alkohol ist ein schlimmer Tresenwesenmacher!

## 11 Anleitung für die Bedienung – wie rette ich mich?

Daraus lernte ich, niemanden am Tresen zu fragen, wie es ihm geht wenn er seufzt. Wenn jemand am Tresen sitzt und lacht beim Zeitungslesen, dann frage ich nicht wieso. Es kann der Beginn eines schlimmen Monologes sein. Es könnte von mir der Einstieg in den sozialen Kontakt sein und das kann schwierig werden. Es gab jahrelange Beziehungen zu Menschen, die ich nur fragte, was magst Du trinken? Wir hatten eine schöne schweigsame Beziehung.

Selbst der Augenkontakt kann eine Einladung für in ein Gespräch sein. Obacht geben, länger leben.

Wenn **wenig los ist** und der Chef es erlaubt: Bitte nehmt immer ein Buch mit auf die Arbeit.

Das ist ein guter Selbstschutz. Da kann man eine Barriere zwischen sich und dem Tresenwesen aufbauen und hat etwas zu tun. Wichtig ist auf alle Fälle eine räumliche Distanz schaffen! Hier kann auch ein Sitzplatz wesentlich weit weg vom Tresen eine Möglichkeit sein (bei mir ein Sesselsitzplatz weit weg vom Tresen als Ruheraum).

Ein Buch hilft zur Distanzierung und dann kann es doch zu netten Begegnungen kommen, wenn ich diese wohldosiert zulasse. Ein Freund meinte, dass er sogar Unfug erzählt um schwierige Menschen los zu werden.

Safe Place suchen. Der Sitzplatz gegenüber vom Tresen ist ein Sessel auf dem ich mich zurüziehe wenn ich meine Ruhe brauche. Der

Platz ist gegenüber vom Tresen also weit weg. Da bin ich alleine und habe meine Ruhe. Sucht euch nette Menschen zu denen ihr euch setzen könnt. Oder einen Ausruhplatz wo man alleine sein kann.

Weg gehen und das Lager aufräumen oder ähnliches geht auch.
Wenn ihr kein Buch mitnehmen dürft, dann ist auch Ecken putzen eine sinnvolle Beschäftigung. Das

man dann ganz woanders etwas putzen muss und keine Zeit für Tresengespräche hat. Einfach nicht zuhören! Weg gehen und woanders etwas säubern kann helfen.

Im Grunde würde ich gerne jedem Tresenwesen sagen: Geh raus und suche Dir Freunde!
Und komme dafür nicht in eine Kneipe, wo die Bedienung nicht weg kann und die Deine schlechte Laune ertragen muss.

Früher dachte ich es sei gut,
wenn sie sich rudeln würden,
aber dann war ich anwesend,
wie sie es taten und ich
bereute dies, denn dann hörte
ich die Gedanken der
schwierigen verkorksten
Menschen. Die sind nicht gut.
Ehrlich, darauf kann ich
verzichten, dann lieber
schweigen..., was eine gute
Beziehung sein kann.

Kontakt auf ein Minimum
reduzieren.

Oder findet raus ob der andere Gast am Tresenwesen ist oder nicht? Vielleicht zwei Tresenwesen zusammen diskutieren lassen.

Sucht nette Gäste und redet mit Ihnen.
Vielleicht kann man auch ein Buch für die Tresenwesen haben, so wie dieses Buch?

Mein Freund fragt mich immer ob ich einen Aluhelm (wie in Sciencefiktion die Menschen tragen, damit die Aliens ihre

Gedanken nicht hören können) aufhaben als Schutz vor den Welttheorienmonologisierer.

Wenn **fiel los** ist, dann einfach meinen, dass ein Gespräch jetzt gerade nicht geht, da ich viel zu tun habe.

Mein eines Tresenwesen (er ist nicht immer ein Tresenwesen, sondern eins von denen die in ihrer Unzufriedenheit eins werden) hole ich immer gedanklich ab, wenn er so monologisiert, sage ich immer, dass er und ich dass aufschreiben könnten, damit wir das mal ein bisschen sortieren und mehr Struktur reinbringen können. Er kann dann immer runter fahren. Ich mache das auch mal mit ihm!

Jeder muss seinen eigenen Weg finden!
Seid kreativ und oder schön ablehnend!

Ein Gast meinte mal ich hätte keine Lust zu arbeiten, aber ich hatte nur keine Lust mit ihm zu reden, aber ich hatte auf die Arbeit lust! Das war schön, dass er es gemerkt hatte, aber leider global auf meine Arbeit bezogen hat... Selbstschädigung vermeiden in dem ihr euch beleidigen lasst macht das bitte nicht! Seid Schlagfertig wenn es ein Tresenwesen ist.

Tresenwesenkonzepte erstellen. Sie als

Studienobjekt betrachten und bloß nicht persönlich nehmen.

## 12. Fazit

Das Wissen aus der öffentlichen Person der rationalen Selbstreflexion und der emotionalen Kompetenz verhindern das Tresenwesentum. Bitte streben Sie dies im Umgang mit Bedienungen an.
Seid vorsichtig hinter dem Tresen.

Ich gebe fast immer Trinkgeld und zwar ca. 10 Prozent, außer die Bedienung hatte es überhaupt nicht drauf.

Ich gebe immer angemessen Trinkgeld, denn ich weiß als Bedienung hat man nicht viel Geld und da ist das Trinkgeld wichtig. Viele brauchen das Geld zum Leben.

Schlimm finde ich auch die Menschen, die erzählen, dass sie in der Gastronomie gearbeitet haben und dann kein Trinkgeld geben. Wie kann man nur erzählen man hätte Erfahrung in der Gastronomie und dann kein Trinkgeld geben?! Was ist das denn?

Anfänger versuche ich nicht weiter zu verunsichern.

Aber ignorante Nichtstuer oder Unfähigkeit honoriere ich nicht mit Trinkgeld, aber das ist ganz selten.

**Wichtig** ist auch zu beobachten: sind es dieselben Menschen die einen Bedienen auch die Rechnung übernehmen? Macht das nur der Chef? Wieso? Wer bekommt das Trinkgeld? Wie ist das geregelt (einfach mal nachfragen).

Wenn ein Tresenwesen mal eine Bedienung in Beschlag nimmt, dann helfe ich ihr, denn sie kann ja noch nicht einmal weg!

Schon der kleinste Augenkontakt ist eine Aufforderung für Tresenwesen, man soll sogar diese soziale Interaktion vermeiden, denn sonst wird gleich ein Gespräch folgen...

Keine Saftschubse noch Therapeutin ich sehe nicht ein, dass ich es mir anhöre Man soll allen Menschen Liebe schenken, aber nicht allen und nicht immer! Bitte differenzieren Sie ihr Verhalten gegenüber Menschen. Den nächsten sollen wir lieben und das ist auch ein Grundprinzip wie ich mit Menschen umgehe. Manchmal bin ich lieber distanziert und vorsichtig, denn ich muss mich auch selbst schützen.

Kein Mitleid mit Tresenwesen haben, die suchen sich schon die nächste Bedienung!

Oder wie mache ich mich unsichtbar ohne meinen Job zu vernachlässigen?

Wenn sie dann doch reden, bloß nicht ernsthaft drauf eingehen!

Lieber eine schöne schweigsame Distanz zum Tresenwesen.

Nur nette Begegnungen schaffen

Selbstschutz gerade, wenn man Empathie anderen Menschen schenken kann. Buch als Barriere, Zeitung gestarrt aber keine Lust zu lesen als Distanz zwischen mir und dem Tresenwesen... Hocker wegräumen, hilft net, den räumen sie wieder hin...was ich mit Schrecken feststellte...

# 13. Forderungen an den Berufsstand im Dienstleistungssektor

Wir fordern mit diesem Buch eine therapeutische Ausbildung für Menschen die hinter den Tresen arbeiten wollen oder müssen und dass sie dem entsprechend bezahlt werden. Wir wollen generell eine bessere Bezahlung, damit einhergehend eine angemessene und tarifliche Eingruppierung stattfinden kann. Zudem gehört auch die soziale Anerkennung dieses

Berufes in der Gesellschaft, wegen der Wichtigkeit für diese und die damit verbundene Herausforderungen.

Wie ernst wir unsere Forderungen sehen, können Sie anhand unserer wissenschaftlichen Untermmauerungen (meistens nur Wikipedia und einige Bücher ohne Literaturverzeichnis o.ä.) entnehmen!

Jede Bedienung erhält ein
Diplom in der
Küchenpsychologie oder erhält
nach drei Jahren Praxis eins!

Vielen lieben Dank für die
vielen Geschichten, denn
nich alle habe ich erlebt, da
habe ich meine lieben
Mitstreiter gefragt

© 2021, Simone Kinsberger
Herstellung und Verlag: BoD – Books on Demand,
Norderstedt
ISBN: 9783754314692